E VAL
Valeri, M. Eulalia.
El leâon y el ratâon

W9-AGQ-147

DATE DUE

JUN 2 8 2004	
FEB 1 3 2006	
JUL 1 5 2008	

GAYLORD PRINTED IN U.S.A.

fábula de La Fontaine

adaptación de Maria Eulàlia Valeri

versión castellana de Asunción Lissón

ilustraciones de Max

EAGLE VALLEY LIBRARY DIST.
BOX 240 EAGLE, CO 81631
(970) 328-8800

EAGLE VALLEY LIBRARY DISTRICT
1 06 0002534818

Un ratón pequeño, pequeño,
vivía en un rincón muy oscuro de la selva.
   Todas las noches salía a pasear;
le gustaba jugar y correr a la luz de la luna,
por entre la hierba de plata.

Una noche al salir...
    ¡Qué horror!
    Un gran león de ojos brillantes
y con una boca muy grande
estaba cerca de su madriguera.

El león levantó una pata
y de un zarpazo cogió al ratón.
¡Pobre ratoncillo! Temblaba de miedo.
¡El león iba a comérselo!

Con un hilo de voz, el ratoncillo pidió:

— Por favor, señor león, dejadme marchar.
Soy demasiado pequeño,
no os llego ni a los dientes
y, ¿cómo podré volver a jugar
y a correr a la luz de la luna?
Sed bueno, ¡vos que sois el rey de la selva!

El león le escuchaba,
levantó la cabeza y la sacudió.
Por fin, abrió la garra y soltó al ratoncillo.

—Anda —le dijo—, vete a jugar
y a correr a la luz de la luna.
A mí también me gustaría hacerlo,
pero debo ir a cazar.

—Muchas gracias, señor león.
Si alguna vez me necesitáis llamadme.

—No me hagas reír, ¡pequeñajo!
¿Cómo quieres que te necesite? ¡Vete, vete a jugar!

Muy contento, el ratón, dio media vuelta
y empezó a correr a la luz de la luna.

De pronto, oyó unos rugidos terribles;
se paró asustado.

— ¿Qué será eso? Parece la voz del señor león.
Quizá le pase algo.

Y corriendo, sin pensarlo,
volvió por donde había venido.

Cuando llegó, encontró al león
preso en una red muy gruesa.
Había intentado salir y todavía se había enredado más.
Tenía las uñas prendidas en las mallas
y no podía moverse.

No temáis, señor león —gritó al verlo—.
Yo os puedo ayudar.

¿Tú? Eres demasiado chico. Vale más que te vayas antes de que lleguen los cazadores.

De ninguna manera. Dejadme hacer.
Y ¡ya veréis de lo que soy capaz!

Y el ratón empezó a roer una de aquellas mallas.
Estuvo mucho rato royendo, royendo con los dientes.
¡Por fin, se rompió una cuerda!
Roe que roe,
ahora una cuerda, luego otra, va rompiéndolas todas.
El ratón se cansa mucho pero no quiere parar,
debe salvar al pobre león.

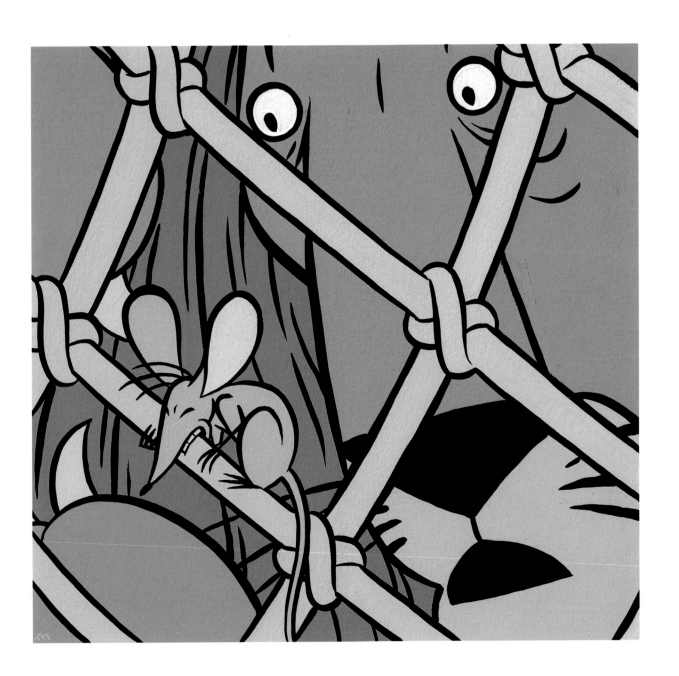

En la red hay un gran agujero,
ya están rotas las mallas.

🐭 Corre, señor león, prueba a salir —le dice el ratón—.
¡Rápido, que ya oigo a los cazadores!

Y el león, estirándose, poco a poco va saliendo.
Luego, da un salto y ¡ya está fuera!

El león está muy contento.

🦁 ¡Muchas gracias, ratón!
Si no es por ti
los cazadores me habrían matado.

🐁 Yo también habría muerto,
si tú no me hubieras soltado.
Y, ahora, ¡corre! ¡huyamos!
¡que los cazadores ya están aquí!

Y aquella noche a la luz de la luna
salieron a pasear dos amigos.

EAGLE VALLEY LIBRARY DIST.
BOX 240 EAGLE, CO 81631
(970) 328-8800